## COVID 19 – 2020_03_20

tag und nacht gleich.
der jahreslauf nimmt uns mit,
egal, was wir tun, tun es
in seiner matrix.

## *Covid 19 – 2020_03_21*

über den wolken scheint die sonne
auch wenn du sie nicht siehst
über den wolken funkeln die sterne
auch wenn du sie nicht siehst
über den wolken folgt der mond
auch wenn du ihn nicht siehst
über den wolken ist alles blau
auch wenn du es nicht siehst
über den wolken ist alles schwarz
auch wenn du es nicht siehst
über den wolken ist gestern jetzt und
morgen
auch gestern jetzt und morgen

für alle freund*innen, die
– bei aller notwendigen vorsicht –
im geiste kritisch bleiben

»Kein Mensch hat das Recht zu gehorchen«

*Hannah Arendt*

»Es hatte damals eines von den mittleren Erdbeben gegeben, die eine mathematische Menge A Menschen die Existenz kosten und eine andere mathematische Menge B Menschen stinkreich machen, und die Gesetze dieser Erdbeben gehen immer gleich: Die Menge A ist ein exponentielles Vielfaches der Menge B.«

*Birgit Vanderbeke*

## *Prolog*

sing kleiner vogel, sing,
immer singst du gleich
neu
deine sanfte melodie
macht mich so reich,
fragt nicht wie
neu
das lied sein mag,
wie ewig ich es kenn,
immer der gleiche tag
neu
ohne aber und wenn.

## *Covid 19 – 2020_03_22*

und sind die gedanken leer
kalt wie der odem aus ost
stemmt sich schicksal
aus wolkenlosem himmel
wie ein gürtel über die erde
und schnallt uns enger
und beengt
und lähmt
und

## *Covid 19 – 2020_03_23*

zahlenmystik undurchdringlich,
kabbala und zauberbuch ist die welt.
welt die uns hält, die uns gefällt
– auch heute? nichts ist dringlich,
erzwungener stillstand
der nachrichten kreisen lässt,
bis alles um uns wankt,
der nichts beim alten belässt.
gewissheiten irgendwo warten,
abgelöst; diffuse Sorgen
und abends zittert fahl der atem
vor den träumen bis zum morgen.

## Covid 19 – 2020_03_24

I
schöner schmetterling
so bunt
frühjahr
schlägst deine flügel
im fernen china

## *Covid 19 – 2020_03_25*

II
schmetterlingsflügelschlag
einmal, zweimal
fledermausflügelschlag
einmal, zweimal

## *Covid 19 – 2020_03_26*

an manchen tagen wachen wir auf
und stellen das glück vor,
stellen das glück vor die zeit
und vor das tagtägliche
und umwehen es wie wind
damit es plattert und flattert;
hoffnungsvolles banner.
zeig dich, wir wollen dich tragen.
heute

## *Covid 19 – 2020_03_27*

welche information hast du?
habe ich die gleiche information?
gib mir deine information!
dann gebe ich dir meine information!
ist deine information neuer?
darf ich dir meine information anbieten?
meine information ist wahrer!
meine information ist neuer!
meine information ist wahrer und neuer!
meine information ist

## *Covid 19 – 2020_03_28*

du hast die wahl!
meinst du nicht?
du hast immer die wahl!
meinst du nicht?
wahllos wählen!
meinst du jetzt?
demokratiereduktion!
kontaktlos!
ausgangslos!
jetzt – richtig?

## *Covid 19 – 2020_03_29*

versteck mir die boten
zwischen den zeilen
verwahre ihre kunde
hinter den buchstaben
im schatten der worte
eine wahrheit ist immer da
aber ihre bedeutung
ist nie eindeutig

## *Covid 19 – 2020_03_30*

will heute nacht kommen der schlaf
oder wieder träume die ruhe schrecken?

wer spielt mit wem am tisch,
wer mischt die karten?

joker oder ass, einfache zahl schwarz?

die ruhe hat angst vor den träumen,
die nacht verschreckt den schlaf.

## *Covid 19 – 2020_03_31*

wie oft schon, heute, streifte der blick
den himmel
auf der suche nach neuem?
aus der brust rief dumpfen klanges
ein anderes ich,
eingesperrt in den ruinen
postmodernen scheiterns.
im äther
verbindet sich die kommunikation
nur um zu korrodieren.
auf flügeln kam der rost
wie schon oft – heute

## *Covid 19 – 2020_04_01*

april, april
der weiß nicht was er will.
wieder einmal
fällt kein scherz mir ein,
sitz heut nur hier, ganz still.
wieder einmal
bin ich heut ganz allein
und weiß nicht was ich will.
april, april

## *Covid 19 – 2020_04_02*

auf der suche nach dem älteren weißen mann
durchpflügte mein blick die
grasnarben der zeitungen,
durchdrang er sprechblasen im
nächtlichen wohnzimmermittelpunkt.
selten fand er die weiße ältere frau,
öfter schon den jungen weißen mann,
noch seltener, den nicht weißen mann,
eigentlich nie die ältere nicht weiße frau.

sagt mir das was?
sagt dir das was?
wem sagt da was,
was?
sagen wir uns noch was?

sagen wir uns noch was?

## *Covid 19 – 2020_04_03*

der bildausschnitt war wohl gesetzt.
die kante des durchdachten
fiel senkrecht zu den überlegungen,
im horizont verlief sich das allgemeine
zartrosa
konkretion war eindeutig und fokussiert,
fast, als wäre sie hörbar,
das ist der goldenen schnitt.
die fotografie verleugnet die gegenwart.

## *Covid 19 – 2020_04_04*

in selbstisolation
schau ich der welt zu
ein drama, in wieviel akten?
oder nur das alte spiel?
gewinnen die reichen,
verlieren die armen,
gewinnt der kapitalismus,
verliert der kapitalismus?
spielt die welt um ein neues spiel
oder um das alte zu erhalten?
wir sehen zu und merken zu spät
wir sind im spiel.

wer betritt als nächstes die bühne?

## COVID 19 – 2020_04_05

der götter spiel, seit je
ein unentwirrbarer knäuel
unendlicher enden in zeit
und raum und traum und
offen
liegen sie vor uns, verlangen
beherztes zugreifen. »nimm«.
nie scheint es möglich
zu klären, zu reinigen, zu
stark
sind all die enden der taue
wäre da nicht einEr d(i)e(r) kurz
entwirrt, alles löst, alles fällt
verändert
nur um erneut zu knoten
der götter spiel.

## *Covid 19 – 2020_04_06*

dekonstruiert; ist der tag eine minute,
  ist die minute nur ein maß,
    ist das maß eine impression.

dekonstruiert; ist dein land eine nation,
  ist die nation nur eine einheit,
    ist die einheit nur eine illusion.

dekonstruiert; ist die angst eine option,
  ist die option ein blickwechsel,
    ist der blickwechsel eine hoffnung.

dekonstruiert; ist die nachricht eine losung,
  ist die losung nur ein satz,
    ist der satz eine meinung.

dekonstruiert; ist das gedicht eine zeichnung,
  ist die zeichnung nur ein gerüst
    ist das gerüst mein halt.

## *Covid 19 – 2020_04_07*

»mädchen unter bäumen« entlang an
holunder- und schwarzdornhecken
unter gepunktetem blätterbaldachin,
frühjahr 1914.

im flussbad, eisschleckend unter
genormter kleinbürgerlichkeit,
übermenschen unter sich,
sommer 1939.

bali, istanbul, ancona
im reiserausch leben sammeln
und leben beobachten, ethnologie,
sommer 2001.

bei freunden, in jenem zweiten heim,
lachend und feiernd, gemeinsam
lesungen und auftritte planen,
winter 2020.

## *Covid 19 – 2020_04_08*

die durchdringung der welt schreitet voran,
ihr begreifen landet in formeln,
die kinder lernen;
bauen sie daraus einen neuen turm
oder verändern sie der menschen leben?

die bienen summen um den kelch,
der hochstand der sonne folgt
unabänderlich der langen nacht;
seit jeher wussten die ahnen
wann zu säen sei!

wir schlängeln durch die virtualität,
säen und ernten müssen wir weiter.

## *Covid 19 – 2020_04_09*

wem ist zu trauen?
die hand, die uns mit nachricht füttert,
kennen wir sie?

wer schenkt uns sein wissen?
eine stimme, die in laboren forscht,
was sagt sie?

mit wem können wir uns austauschen?
eine freundin, hinter ihrer mauer,
die ich nicht treffen darf!

wo ist der körper, die haut,
die streicheln und umarmen ich will,
nur weil wir uns treffen.

## *Covid 19 – 2020_04_10*

genügsam trinken wir das tageslicht
(immerhin), das in diesem gemälde
alles durchdringt, reichlich.
von dem ich hoffe, dass in bälde

es im museum hängt, auf weißer wand
fertig gestellt, seine geburt vergangen
und sein dunkler titel. »weltstillstand«,
kein traumamal bleibt auf unseren wangen.

## *Covid 19 – 2020_04_11*

schritt auf schritt,
ein schritt und noch ein schritt,
noch ein schritt,
bis der schmerz aus dem kopf
in die beine flüchtet,
und ankert.
trunken taucht die realität,
sinkt auf den grund der welt;
im stillen wald taumelt meine pein
und flüstert:
»weg, weg, flieh!«

## *Covid 19 – 2020_04_12*

aus welchen tagen kannten wir uns,
hattest du mich verlassen
oder die zeit in unserem raum?
der singende vogel war es,
ein weiteres mal,
ein zeichen von gestern
und doch gab ich ihm zu trinken
aus der quelle der erinnerung.
so waren wir zwei
für die das früher
von bedeutung blieb.

## *Covid 19 – 2020_04_13*

ist es ein virus,
dass nichts anderes mehr zählt,
ist es ein virus,
der die gemeinschaft sprengt?
ist es ein virus,
der uns gefangen hält,
ist es ein virus,
das uns in ketten zwängt?

es ist die angst,
die die freiheit kostet,
es ist die angst,
die die sicherheit wählt!
es ist die angst,
von der das denken rostet,
es ist die angst
aus der das totale sich schält!

## *Covid 19 – 2020_04_14*

kolabiert.
das land durstet,
  viel zu trocken
    und der staub

tanzt.
der wind weht,
  viel zu oft
    und die erde

platzt.
die sonne scheint,
  viel zu heiß
    und die wüste

wächst.
der strom bremst
  viel zu schnell
    und das meer

wärmt.
der pol kippt,
  viel zu leis
    und das eis

verliert.
der mensch hustet,
  viel zu trocken
    und das klima

## Covid 19 – 2020_04_15

sie versinken schon lange
in den kargen wellen:
menschenwürde, nächstenliebe
und stumm schließt sich das meer
hinter jeder geschichte;
ein vorhang
vor leeren rängen.

keine welt, die sich aufmacht,
kein herz, das schneller schlägt,
kein wille, der zugreift,
die geschichten zu erzählen
und zu umarmen,
das große leid.

sing mit, das eine lied,
über freiheit und recht,
auf den friedhöfen
der menschlichkeit,
auf der bühne,
vor der kein vorhang mehr fällt.

## *Covid 19 – 2020_04_16*

dort oben, so fern, ich kann dich sehen
durch glas, den unsichtbaren stäben.
nur geträumt, ein leben, mein kind,
der wehklang, im wind, einer amsel,
lausch ich ihr oder ... suggestion?
stimmen im kopf, einzige kommunikation;
vier wände, bunt gestrichen
oder doch grauer beton, das sirenengeheul
ist nur der tinituston,
dem der vogel nun gewichen.
in meiner zelle, schließ die lider
und schwebe wieder – hoch zu dir,
passé das helle.

## *Covid 19 – 2020_04_17*

tag

schwimm mit mir, komm,
lass uns das wasser scheiden,
im fluss, im teich, im meer,
den himmelsspiegel schneiden,
als wäre endlich nichts mehr schwer,
schwimm mit mir, komm.

nacht

bekenne dich zu mir, komm,
lass deine utopien weichen,
ich rufe dich ganz, zu meinem heer.
alle ideen sind nur mehr leichen,
du kommst niemals mehr quer,
bekenne dich zu mir, komm.

## *Covid 19 – 2020_04_18*

in den schatten traten wir, stumm,
eingedenkens natürlicher sterblichkeit.
kein du, kein wir, niemanden mehr
fanden wir um unser lager,
als wir uns aushauchten.
ein letzter salut ins hier,
ein letzter odemsgruß.
ein erster odemsgruß.
ein erster salut ins hier,
ein blick so klar und wissend
in das elterliche herz,
bevor der schrei des lebens
unser sein aus dem schatten reißt.

## Covid 19 – 2020_04_19

spargel ist wichtiger als flüchtende,
baumärkte in berlin sind wichtiger als in
bayern,
masken sind wichtiger als
vermummungsverbote:
kultur ist gar nicht wichtig.
arbeiten ist wichtiger als schulunterricht,
frisör*innen sind wichtiger als sportstätten,
abwrackprämien wichtiger als green deals:
demokratie ist gar nicht wichtig.
österreich ist wichtiger als dänemark,
auf parkbänke sitzen ist verbotener als
ausländer töten,
politiker sind wichtiger als bürger*innen:
grundrechte sind gar nicht wichtig.
fieber messen ist wichtiger als psychische
hilfe,
kein tempolimit wichtiger als saubere luft,
virologen sind wichtiger als journalist*innen:
zivilgesellschaft ist gar nicht wichtig.

## *Epilog*

lauf, lauf, lauf
kontrolliere den puls
walk, walk, walk
optimiere dein selbst
pump, pump, pump
aufgeblasener ballon
run, run, run
are you the number one?
das selfie ist dein ich
bist du es, bist du es nicht?
der schein perfekt definiert,
alles andere eliminiert.
lauf, lauf, lauf
du musst raus, du musst raus.
walk, walk, walk
but now, you have to talk.
pump, pump, pump
blind, deaf and dumb
and at least, and in between
covid 19

März/April 2020

## *Nahsicht*

Das Corona Lyrik Tagebuch schließt mit der Eintragung vom 19. April. Zu diesem Zeitpunkt endete die erste Phase des »Lockdown«. Das Lyrik Tagebuch war ein Selbstversuch. Es war meine Absicht mich dem Rhythmus eines Tagebuchs und den Gesetzen der Neuen Medien in einem Blog mittels Lyrik zu unterwerfen, um zu sehen, welches Material sich daraus ergibt. Das vorliegende Lyrikbüchlein übersetzt dieses Experiment durch die von Erich Weiß und mir gewählte äußere Form: rough, small and tough!

Dank an Erich, Astrid, Netis und all die wunderbaren Stimmen, die mich als Reaktion zu diesem Tagebuch erreicht haben!

*Matthias A.J. Dachwald,*
*20. April 2020*

## *Glossar*

**Corona-Krise:** Bezeichnet man auch als Corona-Pandemie. Sie vollzog sich in Folge der Ausbreitung des SARS-CoV-2 Virus. Die Pandemie wurde von der WHO am 11.3.2020 weltweit ausgerufen. Der Virus wurde erstmals im Dezember 2019 in der chinesischen Provinz Wuhan nachgewiesen. Der Virus führt zur Krankheit Covid–19.

**Covid–19** (**Co**rona**vi**srus **d**isease 20**19**)**:** Nennt man den Ausbruch der Krankheit beim Menschen. Der Begriff wird öffentlich auch parallel für das Virus selbst oder auch als Ersatzbegriff für die Corona-Pandemie verwendet.

**Corona:** Lateinisch Kranz oder Krone.

**Shutdown (Stilllegung) / Lockdown (Abriegeln):** Beide Begriffe werden parallel verwendet. Sie kennzeichnen das Stillegen des öffentlichen Lebens während einer Massenquarantäne. Der Lockdown wurde nahezu weltweit als Maßnahme zur Eindämmung der Pandemie gesetzt. Das heißt, die Menschen wurden weitgehend, in die häusliche Quarantäne gezwungen, um Kontakte zu reduzieren, wodurch die Ansteckungsgefahr minimiert werden sollte. Der Shutdown /

Lockdown führte weltweit zu politischen, sozialen und wirtschaftlichen Spannungen und problematischen Folgeerscheinungen.

**Mädchen unter Bäumen:** Ist ein Gemälde von August Macke aus dem Jahr 1914. (Covid 19–2020_04_07)

**Eingedenken:** bezeichnet ein geschichtliches Bewusstsein und eine Form des Erinnerns, in der die Vergangenheit nicht als etwas Abgeschlossenes begriffen und verklärt, sondern im Gegenteil ihre Gegenwärtigkeit betont wird (Wikipedia). Der Begriff wurde vor allem von den Protagonisten der Frankfurter Schule verwendet. (Covid 19–2020_04_18)

**Vermummungsverbot:** Existiert in Deutschland bei Demonstrationen seit 1985. (Covid 19–2020_04_19)

## *Über den Autor*

Matthias A.J. Dachwald lebt und arbeitet in Europa und dabei meistens in Franken. Er ist Lyriker, Essayist, Ausstellungsmacher, Kunstwerker und Kulturarbeiter.

Für das Kunsthaus im KunstKulturQuartier der Stadt Nürnberg arbeitet er als Leiter und Kurator.

Seit 2009 ist er ordentlich berufenes Mitglied in der »Deutschen Gesellschaft für Photographie« (DGPh).

Er war u.a. Mitglied im KOMM-Bildungsbereich bis zu dessen Auflösung 2017, Mitbegründer des Internationalen Nürnberger Filmfestivals der Menschenrechte (heute Nuremberg International Human Right Film Festival) und Gründungsmitglied der Kunst- und Forschungsgruppen für den öffentlichen Raum »pARTizipatoren« und »LeoPARTs«.

Der Autor publiziert Essays, Hörspiele/Theaterstücke und Lyrik.

Weitere Informationen unter www.liter-art.de

Umschlagfoto, Gestaltung und Satz: Erich Weiß
Autorenfoto S. 39: Netis Arian
Druck: SOWA, Warszawa
ISBN 978-3-940821-72-0
www.erich-weiss-verlag.de